U0081018

閱讀123

國家圖書館出版品預行編目資料

我家有個花.果.菜園 / 童嘉文.圖. --
第二版. -- 臺北市 : 親子天下, 2017.10
96面； 14.8x21 公分. -- (我家系列 ; 2)
ISBN 978-986-95267-5-3(平裝)

我家有個花·果·菜·園

作繪者｜童嘉

責任編輯｜蔡珮瑤、陳毓書
特約編輯｜小摩
封面設計｜林家蓁
特約美術設計｜杜皮皮
行銷企劃｜陳詩茵

天下雜誌群創辦人｜殷允芃
董事長兼執行長｜何琦瑜
媒體暨產品事業群
總經理｜游玉雪
副總經理｜林彥傑
總編輯｜林欣靜
行銷總監｜林育菁
副總監｜蔡忠琦
版權主任｜何晨瑋、黃微真

出版者｜親子天下股份有限公司
地址｜台北市 104 建國北路一段 96 號 4 樓
電話｜（02）2509-2800　傳真｜（02）2509-2462
網址｜ www.parenting.com.tw
讀者服務專線｜（02）2662-0332　週一～週五：09:00~17:30
讀者服務傳真｜（02）2662-6048
客服信箱｜ parenting@cw.com.tw
法律顧問｜台英國際商務法律事務所・羅明通律師
製版印刷｜中原造像股份有限公司
總經銷｜大和圖書有限公司　電話：（02）8990-2588

出版日期｜ 2009 年 1 月第一版第一次印行
2024 年 8 月第二版第十三次印行
定　價｜ 260 元
書　號｜ BKKCD085P
ISBN ｜ 978-986-95267-5-3（平裝）

訂購服務
親子天下 Shopping ｜ shopping.parenting.com.tw
海外・大量訂購｜ parenting@cw.com.tw
書香花園｜台北市建國北路二段 6 巷 11 號　電話（02）2506-1635
劃撥帳號｜ 50331356　親子天下股份有限公司

立即購買 >

我家有個
花·果·菜·園

文·圖 童嘉

目錄

53-0229

1 只有枯樹和雜草的庭院

兩歲那一年，我和爸爸、媽媽、大哥、二哥，搬進一間有著廣大庭院的古老平房。

還記得搬家的那天，家具堆滿了一整臺卡車，司機讓我和媽媽坐在前座，爸爸和哥哥們則擠在家具堆中，一路顛簸到新家。

到達時，已經是傍晚，天快黑了。我們匆忙打開大門，只看到一間好小、好破舊的小房子，和長滿了一大堆雜草的院子；雜草比我們還高，連圍牆在哪裡都看不到。

我們趁著天色還沒全暗，趕緊將東西搬進屋子裡。那一晚，我們一家人便在小小的一房一廳裡度過——點著蠟燭，聽著窗外風吹草動的聲音。

第二天，我們就開始打掃和整理的工作。媽媽負責打掃屋子裡；爸爸和哥哥們負責清理院子；年紀還小的我，負責幫大家跑腿拿東西和倒茶水。大家怕草叢裡有蛇或是可怕的昆蟲，所以都穿上雨鞋

和長褲、長袖衣服，戴好帽子、手套，每個人都全副武裝。

爸爸先用鐮刀割下比人還高的芒草，然後由大哥和二哥將草搬到院子的角落堆好，我也幫忙拔些小雜草和撿枯樹枝。這樣連續工作了好幾天，才終於看到我們家周圍的圍牆，也才終於見到院子的全貌——沒想到我們竟然有這麼大的院子！

我們在院子裡用石頭和磚塊堆了一個可以生火的地方，利用清理出來的乾草和枯樹枝燒洗澡水，竟然整整燒了一個月才燒完。

院子
大門
客廳

廁所
廚房
房

對我們小孩來說，這個院子真的很大，可惜除了庭院角落的木瓜樹，其他地方都長著雜草和即將枯萎的小樹苗。剛開始，我們很高興家裡至少還有棵木瓜樹，期待著有一天可以收成木瓜；不過後來才知道，原來木瓜還有分「公的」、「母的」，而我們家那一棵是「公的」木瓜樹，只會開花，不會結果。

幸好夏天來臨時，木瓜樹上總會有蟬停留，我們忙著在竹竿頂端裹上沾滿黏膠的紗布，想要抓到那「唧！

唧！唧！」叫得好大聲的蟬，早就忘了懊惱吃不到木瓜的事。

2 種玉米，長蟲子

我們三兄妹每天在院子裡玩耍，抓昆蟲、挖土烤地瓜，也幫媽媽顧柴火燒熱水。不過，花了一個多月才整頓好的院子看來有些空曠，我們決定在後院種點什麼。

有一天，我們跟媽媽去菜市場時，看到賣菜的攤子裡有一籃像是晒乾的玉米粒，於是買了一些回來，準備種玉米。

爸爸領著我們兄妹，先用鋤頭和鏟子翻鬆後院的地，然後間隔著將玉米種子撒下，接著就是每天灑水和等待發芽。

大概是因為空曠的院子日照充足，玉米很快就發芽、長大。一個多月後，它們已經長得和我一樣高了；過幾個星期就比二哥高；後來甚至比大哥還要高。接下來，我們就等著玉米開花、授粉和結穗。

不過，就在我們看到玉米穗子好像要開始長大的時候，一大堆白白的蚜蟲卻搶先住進玉米穗子裡，看起來好噁心，嚇死我了。媽媽和哥哥們有空就想辦法把蟲子清掉，我則是躲得遠遠的，連看都不敢看。

那時，臺灣還沒有進口黃色甜玉米，所以我們種的是白玉米。

好不容易又過了幾個星期，終於收成了一些玉米。我們把成熟的玉米拔下來，放在簍子裡。那些玉米長短短、有胖有瘦，不像外面賣的那麼好看又大支；不過，我們看到收成了滿滿一簍子，還是忍不住大聲歡呼起來。

當天晚上，媽媽就幫我們把一些玉米蒸熟。

我選了最小、最可愛的一穗玉米，高興的剝開葉子。哇——有蟲！我嚇得邊哭邊哇哇大叫。

媽媽笑著說：「自己種的難免嘛，把蟲弄掉就好了啊！」可是我卻嚇得不敢吃。

後來大哥把他的玉米折一半給我，說：「喏！檢查過了啦，沒有蟲。」我才終於吃到自己家種的玉米。

3 種南瓜，不開花

連續種了兩季的玉米以後，我們實在受不了一直長蟲子的玉米，所以就改種南瓜。

記得我們只是把南瓜籽亂丟在院子裡，沒多久就有籽發芽。我們拔掉一些長得太密的幼苗，剩下的隨便它們長大。

幾星期以後，南瓜藤蔓長滿了院子。不知是否營養太好，葉子都長得又大又肥。

漸漸的，整個院子都是茂盛的南瓜藤蔓和葉子，可是不知為什麼就是很少開花；偶爾開了一、兩朵，也轉眼枯萎，從來沒有結出南瓜來。

有一次，我和哥哥出去玩時，看到一位老婆婆在菜園裡種菜，她種的南瓜結得又多又漂亮。我們便跑去問老婆婆，為什麼我們種的南瓜都只長葉子不結瓜。

老婆婆很好心的跟我們說：「想要結瓜的話，就在南瓜藤蔓小分枝的尾端，用米粒或鐵釘插進去，或者灑鹽也可以喔。」「啊，原來是這樣！」我們三人露出了恍然大悟的表情，立刻回家照著做。

長大以後，我們才從書上得知，種植南瓜要摘除旁邊的小分枝，只留主蔓才容易結瓜。

當時，我們對老婆婆的話深信不疑，就乖乖的照做了。後來，我們家的南瓜藤蔓竟然神奇的開始開花結果，長出各種大大小小、形狀不一的南瓜。

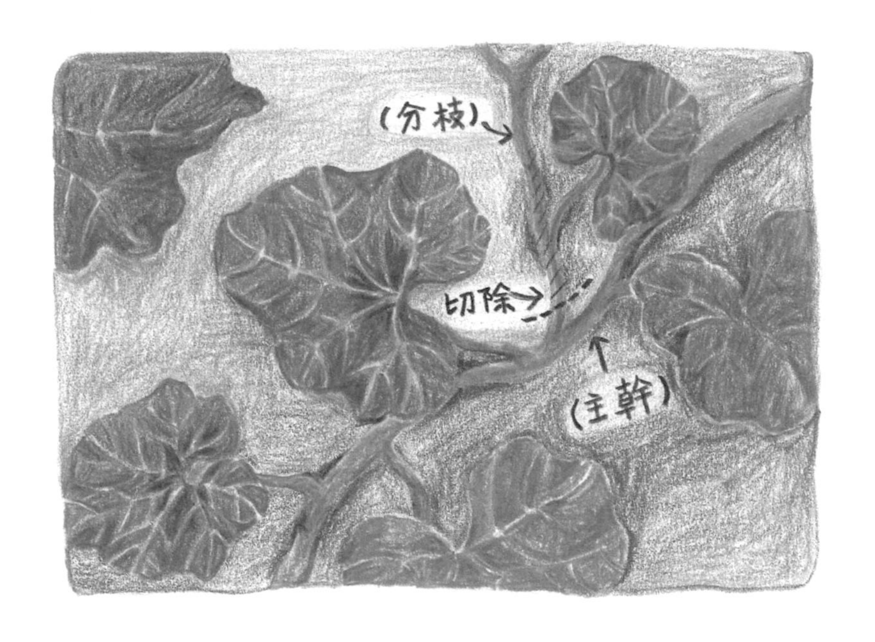
(分枝)
切除
(主幹)

4 一人一棵芭樂樹

南瓜收成後，藤蔓也枯萎了。

我們覺得種瓜時滿院子的藤蔓占據了打球、遊戲的空間，所以不再種南瓜。這時，剛好有人送給爸爸幾株芭樂樹苗，我們便決定在院子角落種果樹。

我們總共種了四棵芭樂樹，分配好小孩一人照顧一棵，爸爸媽媽一棵。為了早日吃到自己種的芭樂，我們都很認真的澆水。

說也奇怪，大哥的芭樂樹長得最快，其次是二哥，

我的樹總是最矮；而爸爸媽媽的芭樂樹跟我們的不同，他們的是紅肉的芭樂，我們小孩子的卻都是白肉的臺灣土芭樂。

從種樹的第二年開始，我們每年夏天都有香甜的芭樂可以吃。

依照規定，每個人只能摘自己樹上的芭樂，所以我們總是每天眼巴巴的望著自己樹上的果實，一顆顆仔細的檢查。

有時候，苦等自己的芭樂不熟，卻看到別人的已經熟透、可

以吃了，只好先去「借」芭樂，等自己的熟了再拿去還；或是先商量好，我的哪一顆芭樂要跟你的哪一顆交換。

遇到豐收的季節，我們也高興的和左鄰右舍、親朋好友分享；吃不完的芭樂熟透變軟了，還可以打成果汁。

當時我們種的芭樂非常好吃，常常會有朋友慕名而來。當然也會有不知從哪裡冒出來的野孩子和過路客，想要偷摘我家的芭樂；大哥的芭樂樹種在最靠外側的牆角，最容易成為「芭樂賊」下手的對象。如果芭樂結得多也就算了，有時辛苦照顧、等候，好不容易芭樂才快成熟，卻看到牆外有人偷摘；這時我們就會趕緊拿竹掃帚，沿著牆上亂揮一通，趕跑芭樂賊。

有時候，大哥也會派我站在牆邊的椅子上觀望，充當警衛，有小偷靠近時立刻大叫。

我們家的芭樂樹種了兩、三年後，爸爸媽媽的紅肉芭樂樹不知為何突然枯死了。之後，我們三個小孩生怕自己的樹有什麼閃失，總是小心翼翼的照顧。

不過，就在第七年的夏天，二哥求好心切，每天為他的芭樂樹灑天然肥料——尿尿在樹下；沒想到過沒多久，芭樂樹竟然枯死了。從此以後，我們家就只剩下兩棵芭樂樹。

5 種枸杞，枝葉果都能吃

我家院子的前半部，是我們小孩子的活動場所，只有在周圍種了芭樂樹和一些花草；後院則是晒衣場，除了先前種過玉米以外，一直都只有那棵不會結果的公木瓜樹。

後來，媽媽跟鄰居要來枸杞的樹枝，利用插枝的方法，在後院的籬笆邊上種了一叢枸杞。

枸杞的細樹枝上有小小的刺，適合種在籬笆旁邊防止野貓、野狗闖入，也很容易長大。媽媽除了偶爾清理水溝時，會把爛泥堆在樹叢周圍以外，倒沒怎麼特別照顧，枸杞卻越長越茂密，有時還會開出淡紫色的小花。

我們原來只看過媽媽從中藥店買來晒乾的枸杞，就是煮在湯裡的那一種，從來也沒看過它長在樹上的樣子，所以剛開始都不知道媽媽種的是什麼植物；直到後來看到小小的、紅色的果子，才恍然大悟。

只是那果子又小又少又很難等，偶爾結出一、兩顆，卻因為長得很可愛我們捨不得吃，或是實在太少，集不滿一碗而作罷。只有在少數幾次結實纍纍的時候，我們會幫忙收集、晒乾，拿來泡茶喝。

不過很特別的是，我們常常吃到枸杞樹叢的葉子和小樹枝。

枸杞的枝葉有一種特殊的、淡淡的香味，嫩葉可以炒蛋吃；有時加菜，媽媽也會剪下枸杞嫩枝燉排骨湯或煮雞湯。

小時候，每逢重要或值得慶祝的日子，媽媽都會先在湯鍋底鋪一層厚厚的枸杞枝葉，上面再放雞肉或是其他東西，然後加水煮成一大鍋，讓全家人分享。這道菜不需要特別調味，就已經是人間美味。

6 絲瓜、葫蘆瓠爬滿屋頂

在我們種過的所有蔬菜裡面，絲瓜大概算是最容易種、最容易長的了。記得有一年春天，我們隨手在後院雨棚邊的泥土地上丟了絲瓜種子，一陣子沒注意，就開始長出絲瓜苗來了。我們隨便用竹竿沿著牆壁和屋簷，搭了簡單的架子，絲瓜似乎像是兒歌裡唱的「一暝大一吋」一樣，每天都不斷的往上爬。

接著就開出許多很漂亮的黃色絲瓜花，當然肥肥的綠葉子上也有不少毛毛蟲，那是我最害怕的東西，所以我總

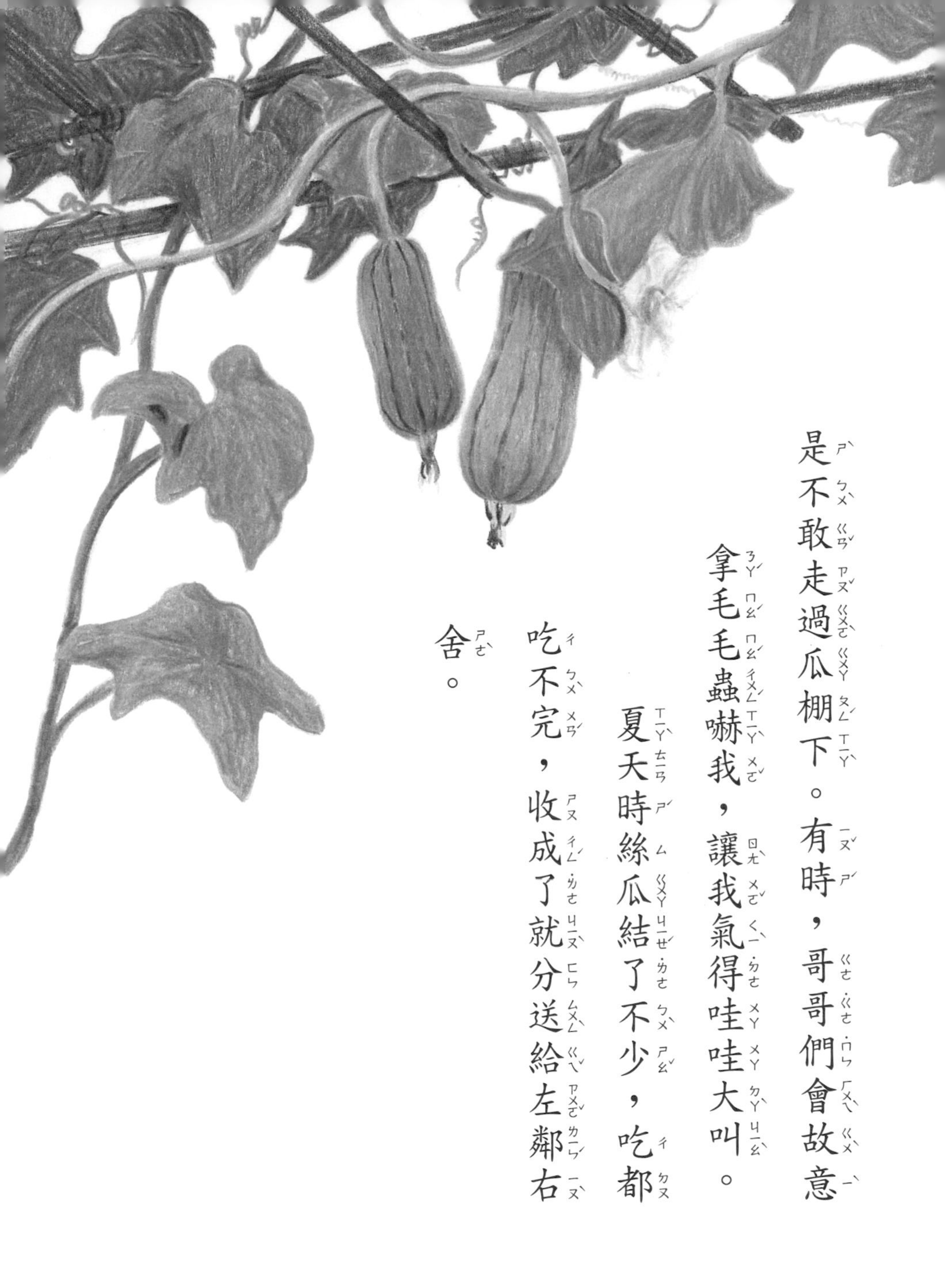

是不敢走過瓜棚下。有時，哥哥們會故意拿毛毛蟲嚇我，讓我氣得哇哇大叫。

夏天時絲瓜結了不少，吃都吃不完，收成了就分送給左鄰右舍。

有些絲瓜長在屋頂上，或藏在茂密的葉片中，我們根本沒發現；等看到時，已經變成超級大老瓜，不能吃了。

那些老了、乾了的絲瓜，我們便留下來做天然的菜瓜布。先把乾硬的外殼剝開，輕輕敲出夾在絲瓜纖維中的種子，然後依照需要剪成各種大小的塊狀，可以洗碗、洗鍋子，泡水浸溼後用來洗澡，軟硬也剛剛好。

因為絲瓜結得實在太多，所以家裡也常常掛了一長串、一長串的絲瓜布，用都用不完。

等我們大家都吃膩了絲瓜以後，喜歡雕刻的媽媽決定要種葫蘆瓠。

我們特地到花市去買回葫蘆瓠的種子，很小心的種在瓜棚下。葫蘆瓠不像絲瓜那麼會長，結的果實也沒有那麼多。

可是當我們看到藤蔓上開始長出小巧可愛的小葫蘆時，真的是非常興奮，因為那樣子實在太可愛了，我們每天都會去看看小葫蘆有沒有長大一點。

剛開始，我們都捨不得吃那些漂亮的葫蘆瓠，成熟了就晒乾留下來；不過，後來葫蘆越結越多，我們決定挑一些形狀比較普通或是葫蘆腰比較粗的來吃。那葫蘆除了削皮比較麻煩外，吃起來味道鮮嫩，其實和一般的瓠瓜差不多。

有時候，同一根葫蘆藤蔓也會結出不同形狀的「畸形」瓠瓜來，像是脖子很長、完全沒腰身，或是一些很好笑的形狀。

我們把許多葫蘆留下來，先自然風乾，再把葫蘆表面清理乾淨，然後讓媽媽在上面雕刻圖案或文字。

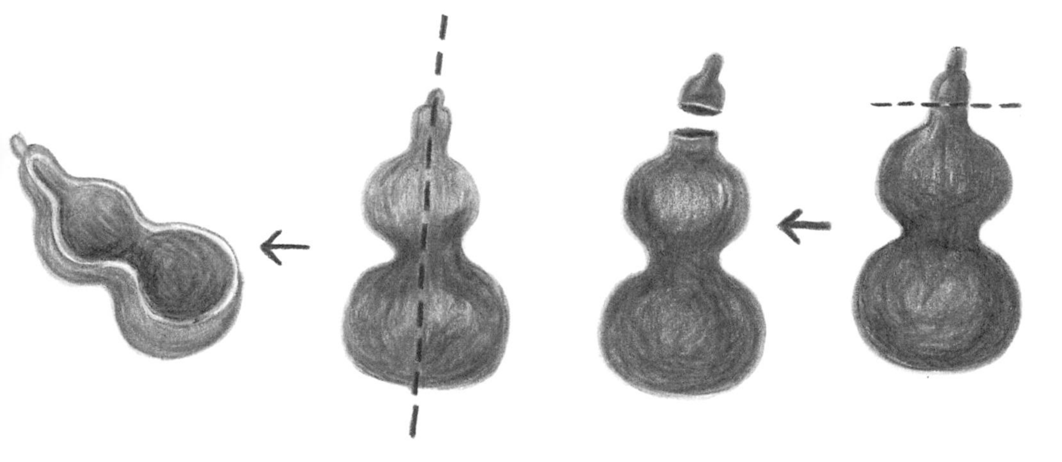

爸爸也會把已經乾燥變硬的葫蘆剖開，做成水瓢或裝東西的容器給我們玩；葫蘆一旦乾燥以後，外殼非常堅硬，可以保留很久。

7 曇花、金針花——好看也能吃

小時候，因為父母要讓我們能夠在院子裡盡情玩耍，不用擔心碰壞花卉、打翻花盆，所以只沿著牆邊種了一排金針花。

平常葉子看起來像是稻草的金針花，

每逢開花的季節，就會出現成排的金黃色花朵。剛開始，媽媽也會叫我去摘些快開的花苞來煮湯，不過我總捨不得，挑來挑去常常只摘了一點點；漸漸的，我們就只是欣賞而不吃金針花了。

在金針花叢旁邊的牆腳下，種了一棵阿姨給我們的曇花，久久才有一、兩個花苞。

可是曇花只在夜晚開花，每次我們等待了很久，看到的卻都是隔日謝了的花，從來沒有看過曇花盛開的模樣。

有一次半夜，媽媽決定把我們三個小孩子從床上挖起來看曇花開花。

我們瞇著惺忪的睡眼，拚命的打呵欠，終於看到了傳說中的「曇花一現」。花很大，香氣很濃。不過我們實在太睏，一邊說著：「好美喔，花好大喔……」一邊急著爬回去睡覺。

第二天，媽媽煮了曇花排骨湯給我們吃。看到碗裡的曇花花瓣，我才恍然大悟，原來昨天晚上看花的事，不是在做夢啊！

8 野生百香果、釀酒用葡萄——好看不好吃

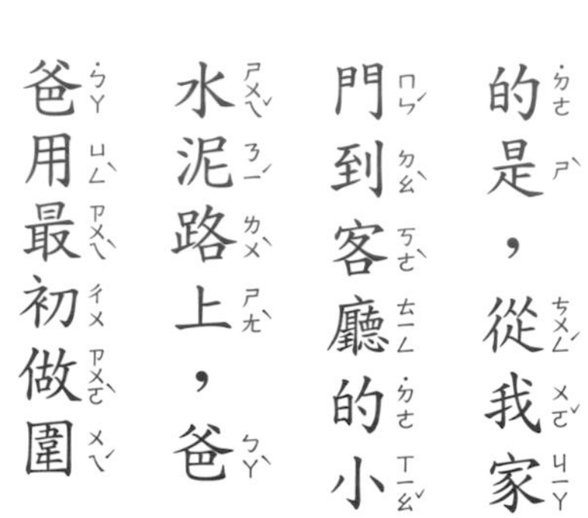

另外，比較特別的是，從我家大門到客廳的小水泥路上，爸爸用最初做圍

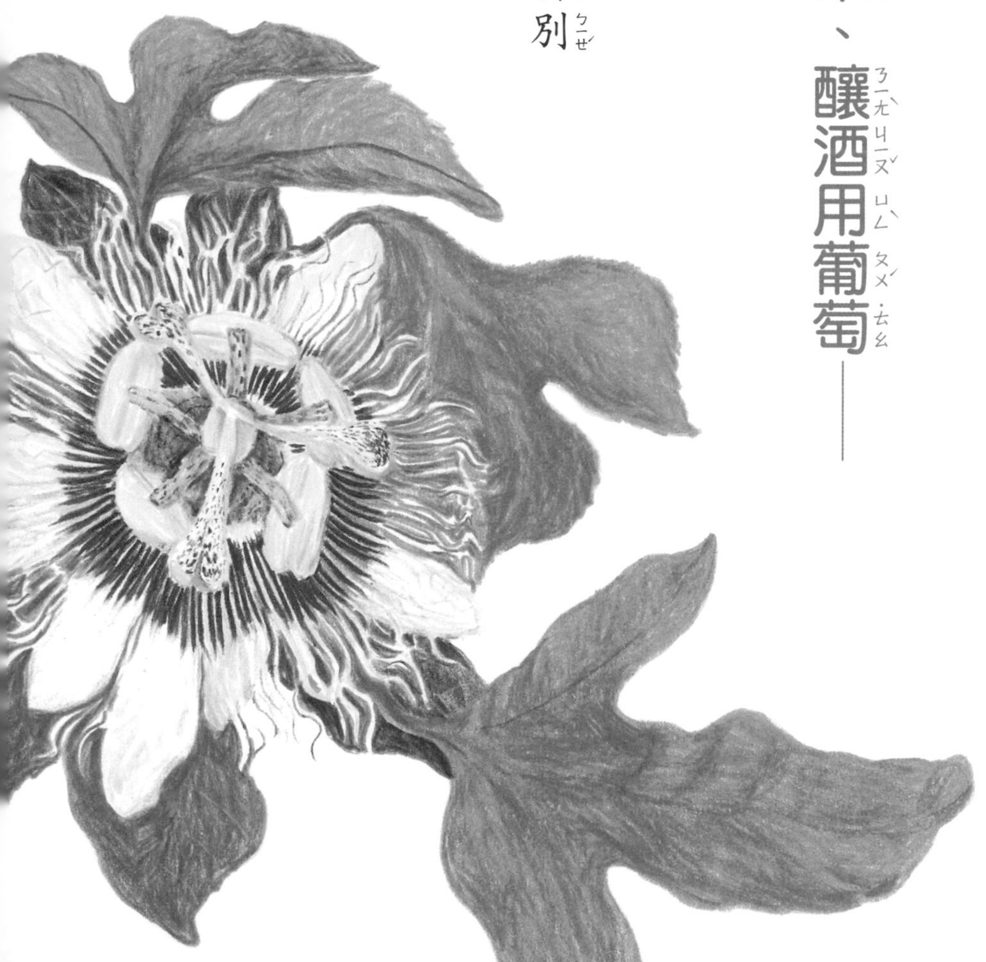

牆籬笆所剩下的材料，搭了一座漂亮的棚架作為通道，並種上了外公給我們的一株野生百香果。

那株百香果每年都會開出顏色獨特且形狀非常複雜的花。在那個時代，看過百香果花的小孩可是少之又少，所以只要有朋友或鄰居來訪，我們一定會大大的炫耀一番。

這種野生百香果的果實是非常特殊的淡綠色，比我們在菜市場買的黑紫色百香果更大、表面更光滑。

只不過外表雖然亮麗，果肉卻非常非常酸，我們小孩子每吃一口就露出很痛苦的表情。

種了好看不好吃的百香果很多年後，有人送我們可以插枝的葡萄藤，所以我們就開始在棚架的另一端種葡萄，想說也許以後就有香甜的葡萄可以取代酸得半死的百香果了。

葡萄藤蔓很漂亮。夏天時，我們常常把桌子、椅子搬到棚架下，有時全家人吃點心聊天，或是看書，或是乘涼、小睡片刻，享受綠蔭下的夏日微風。

葡萄開花時，棚架上布滿了來採花蜜的蜜蜂，整天嗡嗡作響，非常壯觀。

等到好不容易結了葡萄，我們都好興奮，看著那一串串小小綠綠的葡萄，好像綠色的透明水晶球；但奇怪的是，一直到葡萄變成紫色、熟透了，總還是小小的一顆，每一串都像是小了一號似的，吃起來也好酸。

第二年，我們更加仔細照顧，澆水、加肥料都沒疏忽，可是葡萄依然是小巧可愛，好看不好吃。

直到有一次，一位「內行」的朋友來我家，一看到葡萄就說：「哇！你們種的是釀酒用的葡萄耶！你們有做成葡萄酒嗎？」

這時我們才知道，原來我家的葡萄是釀酒用的，不是一般我們在水果店看到的大顆、香甜的葡萄，難怪不好吃啊！

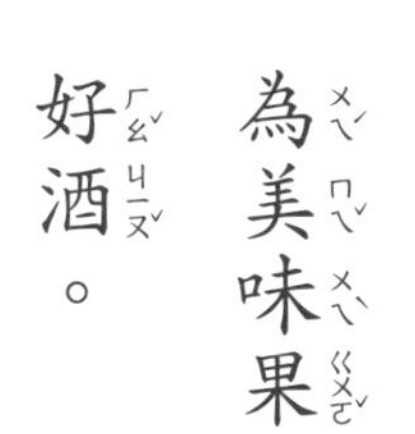

所以，這座漂亮的棚架，就這樣一直長著漂亮的藤蔓，開著漂亮的花，結了漂亮的果，只是那酸溜溜的果子得再經過一番處理，才能成為美味果汁或甘醇好酒。

9 告別滿園花草樹木，告別童年

雖然我家院子裡的植物偶爾也會有植物枯萎，或是在颱風來時東倒西歪，但是每年隨著四季變化，總有各種不同的植物長大，或者開花、結果，所以大部分的時候，身邊總是綠意盎然。這些植物似乎一直安安靜靜的，卻從來不曾停止努力生長。

一直到我十六歲那一年，我們才搬離那個有廣大庭院的舊家，告別了枸杞樹叢、木瓜樹、芭樂樹、曇花、金針花、葡萄藤和百香果，還有一些不知名的野花野草。

想想年幼時家裡種植各種植物的經驗——

當時不像現在資訊發達，也沒有專家、網路可以隨時詢問，很多事情常常不明白其中的道理，或是覺得理所當然。可是多虧那院子，陽光充足、空氣好，土壤也還不錯，所以總是能種得滿園生香，樂趣無數；就像我和哥哥們在充滿自然氣息的庭院裡無拘無束的生活、長大，雖然父母沒有添加什麼人工肥料，或是刻意栽培，最後卻也都能長成健康快樂的模樣。

我家庭院的老照片

長在院子角落的木瓜樹，從來不結木瓜。夏天時，蟬在樹上叫得震天嘎響，哥哥們總是想盡辦法要「黏」幾隻下來。

爬滿籬笆的絲瓜，葉片被毛毛蟲吃得到處都是洞洞。我生怕蟲子會掉到頭上，堅持要撐著小雨傘才敢靠近。

因為大家細心的照顧，種在後院的玉米一天天長大，轉眼就要比我們還高了。這天趁著落日餘暉，全家人在玉米前合照留念。

關於作繪者

童嘉，本名童嘉瑩，臺北人，按部就班的唸完懷恩幼兒園、銘傳國小、和平國中、中山女高、臺大社會系；畢業後按部就班的工作、結婚、生小孩，其後為陪伴小孩成長成為全職家庭主婦至今。二〇〇〇年因偶然的機會開始繪本創作，至今已出版三十本繪本、插畫作品與橋梁書等，每天過著忙碌的生活，並且利用所有的時間空檔從事創作。近年更身兼閱讀推廣者與繪本創作講師，奔波於城鄉各地，為小孩大人說故事，並分享創作經驗。

相關訊息請參考［童嘉］臉書粉絲團

閱讀123